KB251396

모든 육체는 다 풀이다

박분필 시집

기억들이 꽃처럼 피고 꽃처럼 지는
마음정원 곳곳에서
무수한 샛길에서

졸편들 쓸어 모아 간절함으로
소지를 올린다

봄맞이 나무들에서
초록빛 새순이 돋아 반짝이기를

2025년
박분필

차 례

● 시인의 말

제1부

양남 주상절리에서 ———— 10

어머니의 동화 ———— 11

모든 육체는 다 풀이다 ———— 12

낮은 굴뚝 ———— 14

오디나무 아래 그늘 ———— 16

조각가 K ———— 18

만취晩翠 ———— 20

수樹수水카페 옆에 청보리가 피어 있었다 ———— 22

학의 걸음으로 새벽이 돌아온다 ———— 24

비자림 산책 ———— 26

석류꽃 ———— 28

별을 잡는 소녀 ———— 30

내원사 세진교洗塵橋 ———— 32

푸른 말 ———— 34

곶감 할매 ———— 36

숯 ———— 38

문자 ———— 40

제2부

깃털의 암호 —————— 42

오래된 빈집 —————— 44

오미크론 —————— 46

마지막 선물 —————— 48

향일암 햇살 경전 —————— 50

낙장과 낱장 —————— 52

수많은 길 중에 —————— 54

낙타를 찾으러 —————— 56

촉촉한 꿈 —————— 58

가마우지 —————— 59

셰넌도어 폭포 —————— 60

삼포해변 해돋이 —————— 61

천태암 —————— 62

뛰어라 —————— 63

슬픔 포식자들 —————— 64

그림자 —————— 66

제3부

바다 경마장 ———— 70

업히라 가자 ———— 72

유월의 텍사스 ———— 74

오코콴강 올드타운 ———— 76

미루나무 숲길을 지나 ———— 78

민들레 홀씨 ———— 80

명상의 숲 ———— 81

도토리 애벌레 ———— 82

거미의 곡예 ———— 84

횡단보도 ———— 86

나의 고도를 찾아서 ———— 88

세미원의 연밥들 ———— 90

동주의 골목 ———— 92

코카야마 합장마을 ———— 94

하늘을 우러르다 ———— 96

꿈속에서도 꿈꾸는 ———— 98

제4부

능, 선덕여왕 ──── 100

알펜루트의 숲 ──── 102

천전리 각석계곡 ──── 104

호수와 잿빛 오리 ──── 105

가랑잎 초상화 ──── 106

그 섬에서 ──── 107

고령 대가야 유적지 ──── 108

대숲 ──── 109

옹달샘 ──── 110

봄비 ──── 111

텍사스 피칸 나무 ──── 112

박분필의 시세계 | 최준 ──── 113

제1부

양남 주상절리에서

단행본들을 부챗살로 펼쳐놓은 바닷속 장서관

파도는 낡아가는 책을 보수하는 유능한 사서다

표면의 광택을 파고든 인간의 기억, 희망, 사랑을

담았다 쏟아내고 쏟았다 담아내기를 수십만 년

몇 초가 영원으로 흐르는 저 떨림, 저 무늬들,

회색과 초록색이 뒤섞인 파도의 갈피 속에 미처

해석되지도 기록되지도 못한 역사까지 껴안은 채

물의 필체와 물의 언어만을 고집해 온 고서들

신비로운 힘에 이끌려 뭉치고 엉키는 시간과 공간

잿빛 갈매기들 조용히 날아내려 고서를 뒤적인다

어머니의 동화

여인의 집에는 여인이 시집올 때부터 집 뒤를 에워싸고 있는 푸른 대밭이 있었다

여인은 자신이 세상에서 가장 외롭다고 생각했다

너무 외로울 때는 대밭에 올라가 댓잎들이 연주하는 맑은 바람 소리에 맞춰 노래를 불렀다

여인이 아프기 시작했다 대밭에서 연주되던 푸른 멜로디도 시들시들 생기를 잃어가더니 여인이 돌아가시던 날 대나무들 스스로 마름질한 대나무꽃으로 연갈색 상복을 입혀주었다

버려두었던 고향 집 십 년 만에 찾아가 문고리 잡아당겼을 때 빈방 가득 서서, 누워서, 딸을 기다려 준 푸른 대들이, 어머니 빈방을 내내 지켜온 대나무들이 맨발로 쏟아져 나와 나를 반겨주었다

모든 육체는 다 풀이다*
— 제주 샛별오름에서

바람과 빛의 파노라마 속으로 잃어버린 시간을 찾아 오르는 샛별오름

파도가 푸른 바다를 소용돌이치듯 하얗게 펼쳐 보이는 억새꽃 물결

빛 너머에는 또 다른 빛이 있었고 바람 너머에는 또 다른 바람이 있었다

포효하며 흐르는 바람강 속으로 걸어 들어간다 물살이 어딘가 먼 곳으로 나를 실어 갈 것만 같아 나를 바닥에 가라앉힌다

휘파람 소리에 눈을 뜬다 휘파람의 이랑과 골에 뭉텅뭉텅 남아 있는 묵직한 통증들 온몸을 휘저어 온다

마치 잠시 눈을 감았다 뜬 것처럼 또 다른 바람이 불어오면 정월 대보름의 들불 축제

이곳은 다 불길에 휘감길 것이고 까맣게 타버릴 것인데
죽음의 씨앗처럼 심어진 저 봉분도 싹틀 수 있을까

새롭게 피어날 날개들이 부활의 춤을 춘다 하얀 억새꽃과
보라색 하늘에 감도는 깊은 침묵을 메워 줄

모든 육체는 다 풀이다

* 이사야 40장 7절

낮은 굴뚝

내가 본 그 벌판은 시베리아입니다

언제 내려앉을지 모르는 판잣집에서
굴뚝도 아궁이도 없는, 식수마저 얼어 터진 곳에서
노부부가 살아갑니다

먼 곳까지 절뚝거리며 찾아가 골목을 뒤져 폐지를 줍고,
그 돈으로 사 온 홍시 두 개로 하루치 식사를 때웁니다

그것마저도 감사해서 맛있다 맛있다는 아내의
웃는 입과 눈을 빙그레 바라보는
쭈글쭈글한 얼굴을 보면서, 어느 사대부의 고택에서
본 담장보다 낮았던 굴뚝이 떠오릅니다

'끼니 거른 민초들에게 밥 짓는 연기 냄새를
부끄러워한 사대부들의 마음 씀씀이였다'로
기록되어 있던 낮은 굴뚝

그들은 과연 이 시베리아 벌판을 알기나 했을까요

시베리아 쪽으로 불어오는 바람은

항상 살을 깎아대는 지독한 바람이라는 것을

눈물마저도 고드름으로 매달린다는 것을

시베리아 벌판에다 또 진눈깨비를 쏟아붓습니다

오디나무 아래 그늘

늙은 오디나무가 칠월의 땡볕 속에 서 있다 무지개 뿌리를
담았던 샘물이 여전히 뿌리 속으로 스며드는

초록 잎 사이사이 자줏빛 혀 같은 오디들
땅 위로 드리운 가지들에서
아직도 두런거리는 소리 들린다

셰익스피어의 정원에 서 있던 거대한 오디나무를
꺾꽂이해 온 것은 아니지만 로미오와 줄리엣, 사랑보다
더 아름답고
절절한 사랑 수없이 보아왔을 시간의 행진

시간은 너무 빨리 달려서
모든 세월은 살아 있어서

셰익스피어 작품에 등장한 주인공들처럼 젊은 피들이
사라져 버린 길바닥에 보랏빛 꿈들이 즐비하게
떨어지고 멍들고 낭자하게 밟히고 썩어간다

조용한 방문객, 늙은 소녀가
거울을 닦듯이 허공을 문지른다

온통 푸른 잎에 싸인 오디나무 아래 얼핏 춤추는
소녀가 아른거린다 포옹하고 있는 연인들,
목욕하는 아낙네들의 별밤이 박 덩이처럼 뽀얗다

우물에서 모락모락 피어오르는 물안개의 절절한 환희가
동그랗게 나를 감싸안는다

조각가 K

모자를 깊숙이 눌러쓴 코트 조각상

마로니에공원 파랑새 극장 앞에 매미 허물처럼
벗어놓은 사람의 껍데기 셋 서 있다

몸 빠져나간 코트 속은 그늘로 꽉 찬 미궁
세속을 떠나 쉬고 있는 식영息影*의 세계

그림자 하나 내 발자국을 밟아온다
나도 모르는 사이에 나였던
나이면서 나와는 또 다른 사람 같은

나의 흔적을 주우러 흐릿한 꿈처럼
나를 따라다니는 나의 그림자

내가 가면 따라오고 멈추면 따라 멈추고
몸을 구부리면 저도 구부리고
팔을 휘저으면 따라 휘젓는

비록 우리는 같은 아픔을 함께 느낄 수는 없지만

만지면 금방 따스해 오는 분홍빛 손바닥처럼

나와 내 그림자는

결코 헤어질 수 없는 영원한 도반

지하철 둘째 계단까지 그림자가 앞서간다

방금 나에게서 빠져나간 내 날숨처럼

* 그림자를 쉬게 하는 곳.

만취晚翠

아껴놓았다가 마지막 선심으로 내어놓은 듯
늦가을 마당 가득 피어 있는 분홍 장미

조용히 움직여도 향기가 진한 그대는
절기보다 너무 앞섰거나 너무 늦게 핀, 꽃

그랬지, 늦게 핀 장미꽃처럼 짧게 살다 간
분홍빛 가을 장미였어, 그대는

장미가 만들어 내는 소리,
삐걱대는 툇마루 소리, 살며시 문 여닫는 소리,
낮은 굴뚝이 피운 연기 돌담에 젖는 소리
집 구경이 아닌 그녀의 생애를 구석구석 둘러본다

한쪽 쟁반에는 열린 세계를
한쪽 쟁반에는 닫혀 있는 한 시대를 담아
수평을 이룰 수 없었던 하늘 저울 같은
불안한 운명을 안타까이 어루만져 본다

바람 때문인가 서글픈 생각 때문인가

나도 모르게 흘러내리는 눈물 한 방울

계절이 아니라 나는 영원을 만나고 싶다

수樹수水카페 옆에 청보리가 피어 있었다

몽상의 언덕에 청보리가 피어 있었습니다
진열장에 꽂혀 있는 붓 같았습니다

붓 속에는 밝아오는 새벽 같은 생명들이
가지를 뻗어나가는 꿈이 들어 있습니다

언 흙을 움켜잡고 지켜온 어린 뿌리가
사라져 버린 맥을 이어가는 자연의 캔버스
엉겅퀴꽃들은 보랏빛 심장을
오래 늙은 은행나무와 푸른 강과 풋보리밭을

생동적인 노을 속으로 휘감겨 들게 하는 부드러운 붓질
붓이 추억 속에 멈춘 나를
잠깐 지웠다가 다시 또렷하게 그려줍니다

청둥오리 한 마리
한 발짝 한 발짝 외로움을 끌며 불타는
일몰의 강을 저어가고 있습니다

세계는 코로나 팬데믹이어도

겨울의 무게가 무너진 자연의 낙서판은

이토록 평화롭고 아름답습니다

학의 걸음으로 새벽이 돌아온다

바다가 서서히 땅이 되는 시간 갯바위들
바닷속 깊숙이 잠겼다가
한 발 한 발 땅을 밟고 걸어 나온다

학의 전설이 서려 있는
학암포의 그해 여름

끈적끈적 폐유를 뒤덮어 쓰고 숨가빠 했던
바닷새와 갯바위들
바람과 햇살
달빛도 함께 녹아내렸지

눈과 귀 입이 없는 혼돈의 시간
새를 볼 수도 소리를 들을 수도 없었지

세월의 수로가 말끔히 쓸어내고
닦아주는 저 모든 동작들

기암괴석에 차지게 달라붙어 반짝이는
굴 껍데기들 하얗게 핀 별 같다

역사가 시간의 흐름과 함께 깊어지는 해변
학의 걸음으로 성큼성큼 새벽이 돌아온다

비자림 산책
― 제주도

비자 향 가득한 산책로에 다다랐다
숲 곳곳에 아주 오랜 시간의 흐름이 보인다

바다 쪽에서 숨차게 달려오는
숨비소리와 찰랑이는 물이랑 소리를 들으며

슬픔 많은 한 여인이
이 숲에다 최초로 비자나무 한 그루를 심었다는
그녀의 세월을 떠올려본다

마음이 설레었던 비자나무는
사시사철 그녀의 슬픔을 흡수하며 잘 자랐고
울창한 숲이 되었고

숲은 또 사람들의 몸과 마음을 치유해 주는
영험을 얻게 되었다는 비자나무숲

주름진 피부 겹겹 만남과 헤어짐이

교직 되어 온 흔적들이 생생하다

슬픔을 먹고 자란 저 허전한 빈자리에
내 마음 절반을 남겨두고 발길을 돌린다

석류꽃

석류꽃에서 쏟아지는 빨간 햇살이
내 어린 시절로 나를 띄워 보낸다

푸른 대밭이 보이고 대밭 기슭 석류나무와
몇 대를 걸쳐 내려온 뒤란에 놓인 찬장은
언제나 그대로다

애써서 잡아 온 붕어를 주모한테 줘 버린 아버지의 비밀
을 엄마한테 고자질한 사람은 언니였는데 범인을 잘못짚은
아버지, 감 따는 장대를 치켜들고 저벅저벅 천천히 내 쪽을
향해 걸어오신다 뭔가 잘못 풀린다는 낌새에 재바르게 마당
에서 뒤란으로 또 마당으로 몇 바퀴쯤 돌다가 나는 부엌 뒤
찬장 속에 숨었다 묵직한 아버지의 발자국 소리, 가까울수
록 콩닥거리던 가슴은 더욱더 세게 콩닥거렸고 찬장이 이리
저리 기우뚱거리더니, 굵은 밧줄로 헐렁하게 찬장을 묶어놓
고 아버지 발자국 소리 저벅저벅 멀어져 간 후

헐렁하게 묶어놓은 찬장 속에서 밧줄 비집고

나오는 막내를 보고 빙긋이 웃으시던 아버지

아버지는 꿈마다 찬장 앞에서 빙긋이 웃으신다

별을 잡는 소녀

속초 델피노 정원에서 설국 속에 파묻혀 있는
소녀를 만났다

오래전 시리우스 B의 별에서 방주를 타고 지구로
내려온 소녀, 쏟아지는 별을 잡으려고 장대 끝에
서서 한껏 팔을 뻗고 있는

소녀의 시간도
내 시간도
저 아찔한 높이에서 멈춰버린 것 같다

바람이 불고 뭇별들이 스쳐 지나 아득히 울산바위
암벽 속으로 차례차례 사라져 버릴 때

가장 아름다운 피가 이루어 주리라
깨트려 주리라
만질 수 있을 것만 같은 맞바람 소리

더 길게 뻗은 소녀의 손가락이 날아가는 마지막 별에
닿는 순간 쩡! 새벽이 찢겨진다

소녀의 이마에 흑요석이라도 박혔을까

유카탄 사람들이 마법이 있다고 믿는 흑요석을
빛나는 태양을 향해 들어 올리면
흑요석에 빛이 비친다는
죽은 사람과 만날 수 있는 문이 열린다는

그 순간에 나는 0이 되어버렸다
하늘 높이 떠 있는 흐릿한 새벽달처럼

내원사 세진교洗塵橋

천성산 내원사, 세진교로 흘러드는 물소리가
내 마음의 첫 장을 넘긴다

어제는 어제의 소란으로 흘러내렸고
오늘은 오늘의 소란으로 흘러넘치는
티끌세상의 번뇌를 씻어 주는 세진교

맑은 자갈 위로 흥겹게 흘러내리는 저 계곡은
얼마나 먼 곳에서부터 흘러오는 것일까

잊히지 않는 슬픔과
쌓이고 쌓여 찐득해진 마음을
조금이라도 씻어낼 수 있을까

갑자기 추억 하나가
가물가물 아지랑이처럼 피어오르고
군불을 지피던 엄마의 따뜻한 손길처럼
햇살이 등을 쓸어내린다

내 눈을 지켜보던 엄마의

눈빛처럼 흔들리는

어미 새 한 마리 나무 끝에 앉아 있다

푸른 말

마사이마라 응고롱고를 종일 떠돌던 말 한 마리
방황의 숨결이 내게로 손을 뻗는다

하얀 말을 그려 달라는 의뢰를 받고
푸른 말이 좋아 푸른 말을 그려 거절당했다는
고갱의 그림에서 탈출한 말일까

무명베에 파란 하늘이 베어 들듯
하얀 말이 풀색으로 물들어 가는
한 폭의 명화

슬픔을 지닌 슬픔일까
슬픔을 삭여낸 슬픔일까

가지고 있던 많은 조건을 다 버리고
떠나온 그 길과 저 길을 잠시 더듬어 보는 듯,
말은 마치 눈만 커다랗게
살아 있는 것처럼 뻣뻣하고 긴 속눈썹을 꿈틀거린다

해 질 녘, 어슴푸레한 빛이 현실과 환상을 넘나든다

스멀스멀 기어오르는 찬 기운을 견디며
넓은 초원의 풍경을 굶주린 듯 응시하는
저 갈망은 아마도
새롭게 솟구치는 호기심일 터

곶감 할매

할매가 햇살 바른 곳에 멍석을 펴고 앉아 곶감을 깎으면
서 시퍼렇게 젊었던 시절엔 모든 일들이 참 많이도 떫었지
생각한다

어느새 발그레 익어 삶의 단맛을 겨우 알 듯도 한데 쌓아
온 생이 송두리째 벗겨져 꼬지에 꽂히는 이것이 나지 싶어
지다가

어느덧 처마 밑에 매달린 곶감이 시집살이 등쌀에 시달리
듯 풍상에 치여 절이 삭고 어쩔 수 없이 쫀득쫀득한 곶감이
되어갈 때쯤

떫디떫었던 당신의 마음자리에도 보이지 않게 새록새록
채워지던 단맛이 적지 않았음을 눈웃음 짓는다

할매가 주름지고 오그라진 곶감 한 접을 동그랗게 펴 열
개씩 노끈으로 묶고 뽀얗게 분이 낀 열 묶음의 곶감들을 차
곡차곡 쌓으면서

뭔가 무거운 것들이 다 빠져나가고 뭔지 모르게 홀가분한

이것을 나는 이름 짓는다 슬픔을 이겨낸 달콤함이라고

숯

지난번 폭설의 무게에 쓰러진 참나무
장작에 불을 붙입니다

활짝 피어오르는 불꽃은
한여름 내내 균열 속으로 드나들던 벌레들이
바삐 퍼 나른 지상의 향기입니다

어머니의 생처럼 순식간에 타버릴까 봐
장작에 생수를 뿌립니다

장작이 눈을 감은 채 눈물을 쏟아냅니다
불꽃 넝쿨이 눈물을 태우며
더 기름지고 더 싱싱하게 피어오릅니다

하늘로 날아오르는 연기 속으로
당신의 한 시절이 언뜻언뜻 보입니다

소복하게 쌓인 재를 헤집자

당신의 또 다른 이름인 듯, 참숯 한 덩이

흑요석처럼 반짝이고 있습니다

문자

보내고 까맣게 잊어버렸다

한밤중에 카톡

보낸 문자가 되돌아왔다

길을 찾느라 얼마나 오래 공중을 헤맸을까

생각하다가 문득 떠오른

기막힌 이야기

돌림병으로 죽은 아들 혹시라도 살아날까?

뒷산 애동솔에 묶어두고 돌아와

뜬눈으로 밤새운 외할머니

다음날 첫새벽

부엌문을 열었을 때

손발이 피투성이가 된 어린 아들

부뚜막에 쪼그리고 앉아 있더라는

외삼촌이 떠올랐다

새까만 밤

길도 없는 산속을 손과 발 무릎으로 정신없이

더듬어 집을 찾아왔다던 나의 외삼촌처럼

오래 헤맸을 문자를

하얀 눈이 쌓인 날 아침 재전송한다

제2부

깃털의 암호

얼핏, 갓 구운 빵 색깔 고양이가 누덕한 그늘 뭉치를 꿰차고
첩보원처럼 사라지는 낌새에
뒤를 돌아본다

달아나는 놈을 보지 못했다면 몰랐을 흔적
주말농장에 갈 때마다 어느새 날아와 내 곁을 맴돌던
잿빛 비둘기, 조금 전까지
여뀌 씨를 따먹던 비둘기가 사라졌다

날카로운 이빨에 마구잡이로 뽑힌 깃털들이
흘깃흘깃 점점 멀어지는 제 몸뚱이의 온기를
멀뚱멀뚱 지켜본다

끝이 뽀족한 깃털 펜들이 내가 해독하지 못하는
복잡 미묘한 언어를 긁적이고 있다

하늘을 날아가는 새들이 볼 수 있게
풀잎에 새기는 암호일까

나에게 남기는 마지막 메시지일까

선택할 여지도 없이 요약된 한 생을
삶과 죽음 사이를 흐르는
한 여정을 바람의 무리들이 토닥여준다

오래된 빈집

잡초가 자라는 마당이 있고 어제와 오늘을
바가지로 퍼내는 우물이 있는 집

집 뒤 대밭에서 파낸 천 년 전 신라의 잿빛 토기들
두드리면 청량한 소리가 날 때까지
그늘에서 젖은 흙을 말리던 집

그 하루하루의 기억들이 떠오르고
잊힌 어떤 기억들은 아직도
부엌 천장에 매달린 거스름처럼 울컥한다

초가 추녀 끝에 맺힌 물방울들을 바라본다
그리운 피붙이라도 만난 듯

천년을 살면 어떻고 만년을 살면 어떠랴
오늘이 끝이 아닌, 오늘도 내일도 모래도 샘 솟듯
터져 나오는 하루하루

대밭 속에서 화르르 굴뚝새들 날아오른다
이승과 저승을 연결해 주고,
죽은 이들의 영혼을 저승으로 안내해 준다는
전설 속 믿음의 새 떼처럼

내 오래된 빈집을 서성인다

오미크론

오미크론이 두 친구를 데려가던 날
눈 내린 하얀 계곡을 거슬러 올랐다

모든 것 다 버리고
영혼만 데려간 이사거나
아무런 준비 없이 훌쩍 떠난
여행 같은 그 별이 궁금했다

계곡 한쪽 비탈로 마디마디 떨어진 물이
거품처럼 부풀어 올랐고

부풀어 오를 때마다 얼음 속에서
귀에 익은 음성들 중얼중얼

내 안에 차오르는 거대한 고요를 짓밟으며
산길을 따라 들어간 겨울 숲

이때껏 살아낸 삶의 굴곡과

수많은 거친 주름을
다 지워낸 은사시나무와 편백나무들

온갖 군더더기 다 벗어 버린 야윈 몸
끌어안고 냉기를 밀어내고 있었다

마지막 선물

티브이 속 긴팔아기원숭이는
어느 날 문득 저세상으로 훌쩍 떠난
동생이 만들어 주고 간
줄무늬긴꼬리원숭이인형과 꼭 닮았다

열매들이 향기를 내뿜는 밀림에서
긴팔아기원숭이가 바위에 걸터앉아
방금 딴 열매를 돌로 내리친다

카카오 열매는 말짱한데
내리치는 눈먼 돌과 죄 없는 바위가
깨어져 아우성치며 튕겨 나가고

세상일 마음대로 안 된다는 것과
차차 익혀야 할 삶의 방식이라는 것과
불편함이 곧 훈련이라는 것을, 나는
동생이 내게 보내는 메시지려니 생각하는데

줄무늬긴꼬리원숭이인형은 저와

꼭 닮은 화면 속 친구와

나, 몰라? 라며 눈빛을 교환하는 중

향일암 햇살 경전

붉은 해가 나뭇가지에 걸리자
나뭇가지에 걸린 오늘이
살금살금 가지를 타고 내려온다

햇살의 발길에 몰려 한 발 한 발
뒷걸음질 치던 밤이 꼬리를 말고 달아난다

떠나온 곳과 떠나갈 곳의 경계
울고 웃었던 기억의 사이

참이면서 참이 아닌 저 그림자
꿈이 실려 있는 내 생의 연속이 또 다른
시간으로 길을 내는 중이다

내가 움직이면 따라 움직이고
정지하면 따라 정지하던 내 그림자
바위 속 그늘에 숨어버렸다

뒷모습뿐인 구름과

모습 없는 바람이 그늘 속을 통과하고

햇살과 바람이 관음전 앞 나무에 세월을 새기는 동안

나무 밑에 떨어진 붉은 동백을 새들이 쪼는 동안

고향 냄새는 참 참기가 힘들던지

햇살 경전 한 질씩 등에 싣고

돌산 앞바다를 향해 턱 괴고 있는 돌거북들

매번 마음만 먼 곳까지 다녀오는

낙장과 낱장

유명을 달리했다, 시집이 반송되어 온 사월은

낙화가 휘날리는 참 아름다운 날이었네

슬픔과 아름다움은 하나일까

창밖에는 뜯겨진 낱장들이 눈앞을 어지럽혔고

낱장 속에 박혔던 언어들이 꽃잎처럼 흩날렸네

세상은 바퀴, 우리는 우주의 싹

친구는 이미 푸르른 나무가 되었거나

얼음조각 같은 하얀 구름이 되었거나

물의 말을 알아듣는 호숫가의 풀이 되었을 거네

피어나는 풀이 있었기에 소멸하는 꽃이 있는 것

책 한 권이 낱장으로 흩어지고 있었네

낱장으로 흩어지는 너와 나였음을

낙장의 생이었음을

우린 모두 수없이 피었다 지는 벚꽃이었네

수많은 길 중에

꽃길 위에는 거미줄, 거미줄 위에는 전봇대
전봇대 위에는 비행기의 하늘길이

0.0밀리미터 구름 입자 백만 개가 모여
방울이 된 알갱이들이 여행을 떠납니다

나도 물방울 알갱이들의 여행길인
개울 길을 거슬러 오릅니다

편백나무 숲에 사는 지지배배
산새 소리 쏟아져 내려 동그랗게 파문 지는
맑은 물속을 정신없이 헤엄치는

송사리의 길과 느릿한
다슬기의 길이 보입니다

내가 걸어온 길은 어떤 무늬일까
어디서부터 여기까지 밀려왔을까

스스로 우연히 흐르고 싶었을까

다른 물방울들과 미처 합치지 못해서
개울이 되지 못한

온몸이 타는 아픔을 느끼며
메마른 흙이 되어가는
물방울을 애타게 바라봅니다

낙타를 찾으러

나의 흰 낙타는 지금 어느 오아시스에서
마른 목을 축이고 있을까

붉은 비탈과 내 몸의 각도는 35도
나는 네 발로
사막의 모래 능선을 기어오른다

이 가파른 능선을 넘으면 맑고 푸른
물이 출렁이고 있을 거야

당신의 낙타가 돌아오는 이유는
당신이 물을 먹여주기 때문이며
새끼에게 젖을 물리기 위함이라고

사랑을 풀어주는 것은 어디든
갈 수 있고 언제든 돌아올 수 있는
자유를 주는 거라는 유목민의 말

나침반이 어디에 있든지 바늘은 항상
추운 북쪽을 가리키듯이

나의 눈이 나침반이라면 나에게
당신은 영원한 북쪽

촉촉한 꿈

고속도로 휴게소에서 뒷걸음치는 승용차 뒤에 강아지 인형이 떨어져 있었다 뒷바퀴는 차츰 강아지 인형과 가까워지는데 내가 탄 버스는 천천히 휴게소를 빠져나왔다

눈이 내리기 시작했고 두려움으로 얼굴 전체를 뛰어다니던 강아지 인형의 눈동자처럼 앞 유리창에 내리는 눈이 여기저기 마구 뛰어다녔다

버스가 고속도로를 달리는 동안 나는 경찰에 쫓겨 숲에서 숲으로 도망 다니다 잡혀 포승줄에 묶여 끌려가는 꿈을 꾸었다 흔들리는 꿈에서 깨어났을 때 알을 품는 암꿩을 잡았던 내 어린 날이 떠올랐고

부화도 못 한 채 썩어가는 알들이 또 눈에 밟혔다 창문을 열고 하늘을 보았다 얼굴에 쏟아진 찬 눈들이 맹맹하게 흘러내렸다

가마우지

어머니 마음을 어림잡아 마름질한다

둥글게 돌아가야 할 시접에 가윗밥을 넣다가

너무 깊었던가? 마음 다친 어머니, 빈방에서

종일 상처를 꿰매신다

바다 한 폭을 가마우지가 썩둑썩둑 자르며 날아간다

어머니의 마음 같은 푸른 바다는 찢어진 아픈 곳을

금방 기워 상처 하나 남기지 않는다

떨어져 바닷속에 쌓이는 실밥 하나 없다

셰넌도어 폭포

하얀 거품 물고 절벽이 부서져 내린다

쓰러진 몸과 마음 다시 추슬러
생의 리듬을 끌어당겼다 밀어내고
허물어지면 다시 일어난다

날개를 펼치고 힘차게 날아올라 함성을 내지르는
저 흐드러진 파도

파도의 능선을 타고 있는
저 칼날 같은 삶
쌓다가 무너지고 무너지면
또 쌓는 것이 인생이지

강함을 낮추어 부드럽게 리듬을 타면서
여기까지 나란히 떠밀려 온, 당신과 나

가뿐하다, 갓 씻어낸 파도처럼

삼포해변 해돋이

하늘과 바다가 맞붙은 혼돈 속에서
불꽃 화환처럼
새빨갛게 불타오르는 붉은 사자 한 마리
머리를 쳐든다
직녀가 짠 비단 물결에 흩뿌려지는
빛과 색깔, 역사와 결들
어느 마법사가 3만 년을 고이 간직했던
씨앗을 동쪽 바다에 뿌리나 보다

바람과 파도가 싹을 틔우고 피워낸
화려한 꽃과 보랏빛 바다와
구름의 살빛 누드화
움직임이나 소리가 각각 다른 무늬들을
비우듯 채우고, 채우듯 비워내는 여명의 강
어떤 예술 작품이 어떤 공연이 저토록
감동적이고 마음을 뜨겁게 할까

나날이 처음인 삼포해변 해돋이

천태암

하늘로 통하는 길을 오르면 구름 한 채
벼랑에 걸려 있습니다

한 층 한 층 돌계단을 거슬러 오르면 몸보다
마음 먼저 물과 불과 바람을 만납니다

밤에는 별이 쏟아지고 아침에는 운해가 출렁이고
저녁에는 노을이 가슴안으로 온통 밀려드는

울울창창한 푸른 솔밭 속 고즈넉한 천태암
바위 깎아 모신 부처님께 기도 올리는 그동안

내 어머니를 태운 티 없이 투명한 달님이
바위가 푸른 빛을 뿜어내는

구름 골짜기를 지나 수레바퀴처럼 굴러갑니다

뛰어라

이글이글 온 산을 타오르는 거대한 화마 속, 아기 다람쥐
한 마리 정신없이 뛰어다닌다 바닥은 너무 뜨겁고 숨조차
쉴 수 없는데 깊이 묻혀 버린 제 굴을 발톱과 이빨로 파고
또 판다 앞니는 이미 다 닳았고 발톱마저 빠져버린 지 오래

헬기에서 쏟아지는 물에 큰불은 잦아들었지만 남은 화기
가 쉼 없이 피어오른다 숲은 다람쥐를 잘 알고 다람쥐도 숲
을 잘 안다 고향이니까 뒹구는 주먹돌 하나 나무줄기 하나
구멍 뚫린 바위 틈새까지 환히 꿰뚫고 있다

뛰어라 아가, 멈추어도 돌아보아서도 안 된다 삶과 죽음
의 틈새로 힘껏 빠져나가야 한다 이미 세상을 등진 엄마 아
빠가 하늘에서 외치는 소리 들린다

구조의 손길이 닿았을 때 아기 다람쥐는 몸을 동그랗게
말고 쓰러질 것 같은 몸을 온통 엄마 아빠의 가슴에 맡기고
싶었다 나를 꼭 껴안고 온몸에 입을 맞춰 달라고, 어제처럼
토닥토닥 등을 두드려 달라고

슬픔 포식자들

너희들은 사랑받는 동물이 아닌 실험동물
각종 질병을 연구하기 위해 태어난 동물

흰색과 붉은 갈색의 털을 가진 귀여운 강아지들
약을 개발하기 위해 실험 개가 되어야 했지

손을 대도 움직이지 않는 훈련과
아파도 소리 지르지 않는 인내심으로 길러진
슬픔 포식자들

겁에 질린 채 있는 힘을 다해 낑낑거린다
욱신거리는 상처를 핥는다
너희들에게도 당연히 행복할 권리는 있을 텐데

죽음보다 처절한 연구가 끝나면 안락사를 시켰다지
그래도 운이 좋아 입양을 기다리는 저 여리고
순수한 눈빛들

여기는 분명 너희가 원하는 생은 아닐 테니
다음 생은 부디 이런 세상에 닿지 않기를

그림자

나는 빛을 좋아해
빛이 너의 몸체를 비추면 그 뒷면에서
너의 그림자로 태어나는 나

비로소 내가 되어보는 나
살아서 활보할 수 있는 나

너는 내가 아니야
고작 나를 흉내 내는
그림자일 뿐이라고 너는 부정하겠지

마음이 뭔지 알아?
관계 하나하나에 애정을 심는 것

비록 나는 종소리처럼 은은하게 흔들리다 금방
사라져 버리는 형체이지만
태어난다는 것과 살아 있다는 건 감동이지

내가 서 있는 지금, 바로, 여기는
시간과 공간이 필요 없는 곳

너와 나는 둘이 아닌, 둘이면서 하나
네가 지워지면 나도 없겠지

제3부

바다 경마장

바람이 바다에 가면 바다의 비늘처럼
촘촘하게 연이어진 파도가 되지

흥분과 설렘이 가득한 바다 경마장이 되지

모든 파도가 앞발을 번쩍 들고 동일한 움직임으로
박자와 리듬 움직임과 속도 그리고 철썩철썩
등짝을 치는 말발굽 소리까지

멈추는 법을 잊어버린 기마행렬의
숨결과 채찍 소리 고스란히 전달되어 오지

몸체도 없는 바람이 만질 수 없는 것들을 바라보고
들리지 않는 것들을 듣는 상상을 하지

하늘이 막 피워낸 하얀 눈꽃 송이들이
쏟아져 내려 속옷만 걸친 애마 부인처럼
앞만 보고 달려가는 거친 말 등에 올라타지

짜릿한 허공의 냄새
싱싱하고 힘찬 기운

눈 내리는 바다를 푸른 초원처럼
자유롭게 달리는 나는 바람의 노마드
기수도 고삐도 없는 흰말이고, 푸른 파도다

업히라 가자

집안 공기가 빵빵하게 부풀었다

빨리 뛰쳐나가지 않으면 한바탕 전쟁이

터질 듯 아슬아슬

이럴 때 엄마는 업히라 가자

내 앞에 배롱나무 같은 등 내밀었다

천리만리 어디든 가보자

발길 닿는 데로 떠나보자

간다는 그곳이 외갓집처럼 좋아서 나는

배롱나무 등에 참매미처럼 붙었다

엄마는 못 먹는 소주 한 잔을 단참에 들이켜고

제사 때 쓸려고 사 온

마른오징어 다리를 북북 찢고 또 몸통을 찢었다

엄마는 언제쯤 일어날까

목 빠지게 기다려도

업히라 가자, 만 되풀이할 뿐

끝내 붙박은 뿌리를 뽑지 못하고

소주 석 잔에 고꾸라지고 말았다

딸만 여섯, 아들을 못 낳은 엄마는

수십 수백 번쯤 발길 닿는 데로 어디든 떠나고
싶었지만 조선팔도 아무 데도 갈 곳이 없더라는
젖먹이 새끼 울음소리에 쟁기 벗어던지고
새끼에게로 달려가던 암소가 생각나더라는
오늘 또 업히라 가자
젖은 목소리 창문 타고 흘러내린다

유월의 텍사스

잔디가 돗바늘이 되어 운동화와 발가락을 한 바늘에 꿰매
버리던 킬린의 여름 공원

하늘엔 구름 한 점 없고 발등이 간고등어처럼 자글자글
굽히던 한낮, 마음은 한 가닥으로만 흐르지 않아 연무처럼
휘청거렸지

애비를 닮아 어깨뼈가 툭툭 불거진 야생 소들, 얼멍덜멍
짠 레이스 같은 나뭇잎 그늘에서 푹푹 찌는 더위를 견뎌내
던 그 풍경은 조상 대대로 흘러온 내력

또로록 물방울에서 시작해 물기로, 부분에서 전체로 번져
갔을 목마름 이름도 없이 살다 죽은 작은 벌레들, 개미들 몰
려와 문상하는 풍경을 지나 샛노란 꽃이 핀 손바닥선인장
가시 사이로 걸었던 유월의 텍사스

지금까지 내가 살아온 삶은 어쩌다가가 아니었다, 사람뿐
만 아니라 곤충 꽃 가시 모두가 나름대로 최선을 다해 살아

온 과정이 있었다

무수했던 유월이 내겐 늘 처음이었다

오코콴강 올드타운

침략자인 영국인들에 의해 만들어진
오코콴은 인디언 언어로 물의 끝이란 뜻

유럽의 향을 그대로 안고 어우러진
마을에 이국의 시인들이 혼자 혹은 두셋,
구석진 자리에서 담소를 나눈다

영국인 존 스미스가 배를 타고
처음 탐험했다는 여기
고전적이지만 소박한 찻집에 앉아
그와 인디언 소녀, 포카혼타스의 염문설을 듣는다

남북전쟁 때 남과 북의 통로
역할을 했다는 길 건너 빨간 우체통도
귀 바짝 세우고 듣고 있다
남의 연애 이야기는 엿들을수록 재미있지

포카혼타스*란 이름은

작은 눈의 깃털 또는 말괄량이 혹은

장난꾸러기란 뜻으로 인디언

추장인 그녀의 아버지 포우하탄이 지어준 이름

개머루넝쿨과 다래넝쿨이 얽혀 있는

강 건너 숲에서 온갖 새들이 합창을 한다

곧 숲길이 열리려나 보다

노래는 숲의 정령이 좋아해서 길을 터준다고 했으니

* 포카혼타스; 애니메이션 영화의 주인공임. 미 국회의사당 벽에 그녀의 실
물이 크게 그려져 있음.

미루나무 숲길을 지나

낯선 길은 자주 나를 유혹한다

미시간 앤아버에서
디트로이트와 시카고를 이어주는 철길을 건너
호젓한 미루나무 숲길을 걷는다

목에 붉은 띠를 두른 갈색 새가 껍질 벗겨진
하얀 나무 등짝에 콕콕 콕 부리로
한 편의 동화이거나 시를 새기고 있다

책의 길 위에서 한 발짝을 뗀다
이 길이 맞나 계속 가도 되나
멈춰야 할까 낯선 길에 대한 갈등을
풀지 못하는 동안 나는 이미 미루나무 숲
비포장도로 깊숙이 걸어 들었고

비포장도로는 꼭 나비의 몸 같고, 길 양쪽
골프장이 마치 초록 날개처럼 펼쳐져 있어서

영락없는 괴물 나비 같다

아름다운 미루나무 숲 푸른 잎들이 쏴 쏴
파도처럼 내 안으로 밀려든다

날개를 떼어버린 나는 걸어가기로 한다

민들레 홀씨

길섶에 하얀 마침표 하나 찍혀 있다

금방 날아오를 듯 들썩이는 날개

추녀 끝에서 떨어진 한 방울 물처럼

멋모르고 흐르다 멈추어 버린 여기

존재는 한 점이며 지속은 순간이지

꽃 진 그 자리는 돌아보지 말거라

단 한 번의 꿈이었던 노랑나비처럼

날아라. 망설이지 말고 멀리멀리

어여쁜 사람아! 아름다운 꽃아!

명상의 숲

한자리에서 오랜 세월 썩어가던 잣나무 한 그루

나무의 옆구리에 푸른 시간이 고이고 있었다

어린 나뭇가지와 초록 잎들이 새로 돋아 올라

썩어가는 피부를 덮고 새살을 채워가고 있었다

죽어가는 나무 위에 쏟아진 봄눈이 벌레가 만든

아픈 흔적을 감싸고 하얗게 다독여주고 있었다

삶이라는 제목의 책 한 장 한 장을 넘기다 보면

숯불과 얼음이 박혔던 흔적들이 있기도 하듯이

잣나무 한 그루에도 그렇게 인생이 묻어 있었다

숲이 무성할수록 수심은 더 깊어졌다

도토리 애벌레

도토리 애벌레 미끄러운 마룻바닥을 방황한다
너는 설명할 수 있을까
타고난 시간을 쉽게도 낭비하는 이유를

구석구석을 기웃거린 의문의 흔적들
움직일 때마다 곳곳에 쌓이는 질문들
몸의 주름이 잔물결로 떨릴 때마다
가끔씩 멈추어 하얀 벽을 응시한다

창문으로 새어든 햇빛이 바닥에 깔리고
몸에 덮인 그늘이 조금씩 자리를 옮긴다

시간을 갉아먹고 있다
네가 태어난 저 아름다운 숲과 개울은
폭신한 꿈이 깔려 있는 떨림의 세상

여기저기 기웃거리는 흐릿한 저 눈빛은
함부로 버린 시간들을 애써 찾고 있는 걸까

고요의 무리가 무섭게 몰려온다

잊지 마, 너는 사명을 받고 태어난
지구의 멸망을 막아 줄 위대한 생명이야

거미의 곡예

세상을 살아가는 데는 많은 게 필요치 않다
오직 한 장뿐인 밑천은 아슬아슬한 줄타기

내 삶의 구심점은 나라고 위로하면서
줄 위에서 균형을 잡고 때로는
고독과도 손을 잡는다

산다는 것에 대해 흔들릴 때마다 심장의
고동에서 느껴지는 생명감

어떤 느낌이 다가와 초인종을 누를 때까지
가느다란 줄 위에 가만히 몸을 엎드린다

발바닥이 간질거리고
심장이 빨리 뛴다

점점 보이지 않게 다가오는 깊이 모를 유혹
어떠한 경우에도 과녁을 적중시켜야만 하는

피를 말리는 팽팽한 긴장과 머리털이 쭈뼛
곤두서는 그 느낌이 정말 좋다

매일 그물을 점검하고 또 꿰매고 아슬아슬한
꿈의 고도를 즐기는 나는, 곡예사

횡단보도

파란 불이 들어왔다

사람들마다 각자 엉킨 실을 풀어내듯 길을 풀어내고
자기의 길로 감아 든다

검은 아스팔트에 그려진 흰 줄무늬 건널목이
얼룩말처럼 본능으로 들썩인다

귀에 꽂은 이어폰과 핸드폰 게임에서 눈을 떼지 못하는
사람과 사람 사이에는 가느다란 선이
결탁되어 있기라도 한 듯

무심한 듯, 무심하지 않은 듯
아슬아슬 건너가는 무리들
말보다는 침묵이 서로를 묶어준다

초록빛 신호등 깜박깜박
흐릿한 낮달을 지워나간다

삶만큼이나 아프게 흩어져 가던 횡단보도,

얼룩얼룩한 그 거친 피부에는

항상 살아 있는 시간들이 고이고 있다

나의 고도를 찾아서

해가 지고 달이 떠오르고 다시 달이 차고 해가 떠올랐다

낭떠러지에 걸린 철길 위로 벽도 창문도 없는 열차를 타고
철컥철컥 협곡을 지나 협곡으로 접어드는 길
접어들수록 세상이 아득하다

나의 고도를 찾아서

하늘 끝에 닿아 있는 아슬아슬한 시월의 산
너무 높아서 번개가 내리칠 때는
머리보다 배꼽을 조심해야 한다는 산이,
배꼽을 감았던 구름을 한 겹 한 겹 풀어낸다

산꼭대기에 태양이 걸린다
어제 쏟아진 함박눈이 하얀 외뿔고래처럼 헤엄치고
파랗게 담긴 시간이 넘실대고
단풍은 완벽한 춤사위다

산이 대뜸 위풍당당한 그림자를 길게 끌며
협곡 바닥 푸른 물속에 발을 담근다

물에 비친 마음을 들여다본다
맑은 물에 마음을 닦는 일과
순수한 저 자유로움이 나의 고도였을까

사람이 늙는 일과 단풍으로 물드는 일은
원래의 모습으로 되돌아가는 길
모두 물이었으니까
한 방울의 물로부터 시작되었으니까

세미원의 연밥들

꽃은 이미 다 지고
진흙 연못 빽빽이 서 있는 연밥들
마치 대꼬바리 가득 담배를 채운
장죽을 닮았다

할아버지 할머니가 긴 담뱃대를 물고
뻐끔뻐끔 근심을 뿜어낼 때마다
문풍지가 바르르 떨던 그때처럼

늦여름 열기를 내뿜고 있는 연밥들
너는 푸른 혁명을 갖춘 씨앗이다

일제강점기 총독부 감시관이
눈치채지 못하게
백동으로 된 대꼬바리에는 태극무늬가
새겨져 있었지

있는 듯 없는 듯 새겨진 태극무늬는

초당에서도 사랑채에서도 수많은
남녀노소 민초들의 마음에서 마음으로
애국의 줄기는 숨은 개울이 되어 스며들었다

아름답다
밤낮으로 온몸을 떨었던 매서운
시절을 이겨내고 지금은
세미원 가득 핀 풀꽃들

동주의 골목

윤동주를 읽다가 잠깐 잠이 든 사이 어느 좁다란 골목길을 누비고 다녔던 것인데

길모퉁이 아주 작은 가게에서 몽상과 상상이 들어 있다는 복주머니를 팔고 있었다

혹시 이 복주머니에 빠릇빠릇 헤엄치는 詩語들이 들어 있기도 하나요

요절한 시인들이 미처 쓰지 못한 시어들이 들어 있긴 한데… 주인은 몇 개의 주머니를 더 꺼내놓으면서 말했다

나는 그 주머니들을 조심스럽게 받아 돌아오는 내내 혹시라도 주머니 끈이 풀릴까 봐 염려하다가

잠든 시어들이 깨어나 지느러미를 흔들며 바다나 호수를 찾아갔을까 봐 주머니 끈을 살며시 비집어보았다

지치고 배고픈 시어들이 피곤한 물고기처럼 잠들어 있었
다 개봉하지 않은 하얀 봉투처럼 굳게 입 다물고…

내가 기절한 시어들을 통통 튀게 살릴 수 있을까 맑은 물
이 흐르고 있을까 내 마음에

코카야마 합장마을

반고씨盤古氏가 갈라놓은 하늘과 땅 사이
볏짚 대신 억새 이엉으로 겹겹이 덮은
골지고 높다란 정삼각형 지붕

삼백 년 된 코카야마 합장마을에
고도를 떠돌던 빗방울이 떨어진다

이삼 년마다 억새 이엉으로 겹겹이 덮어 올려 높다래진
어릴 적 우리 집 지붕을 닮았고, 비에 젖은 뽕잎을 먹이면
누에가 물똥을 싼다며 한 잎 한 잎 밤새워 물기를 닦으시던
어머니의 모습이 떠오른다

층층이 얹힌 수없이 많은 누에채반마다
가득가득하던 어머니의 누에들
방바닥에 떨어진 한 마리라도 내 어린 발에
밟혀 죽기라도 하면 휘! 매운 휘파람 소리로
마음 아파하시던 어머니
고치에서 명주실을 풀어내듯

삐~꺽 삐~꺽 삐~꺽
쉬지 않고 물레에 빗줄기를 감으신다

빗물이 흘러가는 것 그냥 두셔요
바람이 맴돌다 가는 것도
사람이 머물다 떠나는 것도
어머니 그곳에서만은 제발 쉬셔요

이제 그만 뚝! 물레를 멈추세요, 어머니

하늘을 우러르다

세렝게티 초원을 질주하던 얼룩말
절뚝절뚝 혼자 서성거린다

한 발짝씩 앞다리가 이끄는 대로 끌려가던
야윈 몸뚱이가 멈추어 서서
걸어온 길을 되짚어 본다

뒤꽁무니를 물고 늘어지던 사자의 무리를 찍어 눌렀던
뒷다리의 강철 같은 근육도

세상에서 가장 아름답다 칭송받았던
선명한 얼룩무늬의 빛나던 명성도

떼거리로 달렸던 가슴 벅찬 유희도,
가족도 친구도 다 멀어져 버렸다

몰랐다, 평화롭게만 여겼던 마음속에도
언젠가부터 슬픈 소리가 조금씩 조금씩

소리를 키우고 있었던 것을

생의 끝은 어디까지일까 그동안 수고해 준
발바닥을 까끌까끌 마른 혀로 핥아준다

부름을 받은 야생, 조용히 하늘을 우러르고
바닥에 무릎을 꿇는다

꿈속에서도 꿈꾸는

작은 절 뒷마당에 껍데기만 남은
거미가 거미줄에 말라붙어 있다

시간을 둥글게 말고 텅 빈 무간 천지에
길을 내던 발바닥이 길을 놓친 듯

놓친 길에 대한 아득함으로
발을 거꾸로 든 채, 지금 놓치면
다시는 길을 찾을 수 없다는 듯

껍질을 벗는 고통과 햇빛과 목마름을 참는
인내의 무게를 다 비워내고

가느다란 한 가닥 줄 위에서
연극처럼 살아온 가벼운 영혼

꿈속에서도 꿈을 꾼다
껍질뿐인 왕거미 한 마리

제4부

능, 선덕여왕

뒷산 오르듯 낭산을 오르자 붉은 솔밭 속에
잠든 여왕의 능

능을 지키는 무인석도 돌사자도 없다

오랜 세월 동안 단단하게 다지고 다져져 아무런
감정도 남아 있지 않을

메마른 돌비석 두 개만 초라하게 서서

불 꺼진 후의 정적 같은 문장 끝에 찍힌
마침표 같은 능을 지키고 있을 뿐,

작년에도 피었고 후년에도 또 필 무덤가
저 아름다운 꽃처럼

어떤 왕도 왕이 품은 거대한 꿈도 다시 살아나
보랏빛 꿈을 피울 수는 없지

석양이 이미 깜부기불같이 아물거리는

오늘이란 하루

남은 생일랑

바람의 꽃으로 한들한들 즐겁게 걸어가야지

알펜루트의 숲

산은 흔들림 없는 삼각형으로 앉아 있었다

아름다운 곡선을 그리며 뻗어나가는
넝쿨식물과 땅에서 솟아
하늘 끝에 닿아 있는 나무들

숨소리 죽이고 공중을 쫓다가
살포시 내려앉는 꽃잎들

나는 그 숲의 향기와 빛깔을 잊을 수 없다

장밋빛 아침 해를 온몸에 받으며
엉덩이가 새빨간 잿빛 원숭이가
숲의 고요를 깨며 헤매고 있었다

잿빛 원숭이의 욕망과 사랑의 빛
그 순수한 생명력과 고유한 빛깔은
결코 다른 색과 뒤섞일 수가 없지

빽빽하던 숲도 헤쳐 나가니 길이 되었다

정신의 총알들이 총총히 하늘에
박히는 소리가 깃든 길 즐거웠다

천전리 각석계곡

어릴 적 다슬기를 줍곤 했던 각석계곡을 찾았는데
공룡들의 발자국 가득 빗물이 넘치고 있었지

빗물을 헤적이자 마침 빗물이
과거로 흘러들었고
나도 숨죽이고
과거의 문턱에 첫발을 내디뎠지

선사시대의 땅으로 돌아가는 것만 같았었네
그때 이곳은 울창한 숲과 크고 맑은 호수였으니

방향을 돌리자 빗물은
다시 신라시대로 돌진했고
소풍 온 화랑들이 너럭바위에 둘러앉아
고리 달린 술잔을 돌리며
죽지랑을 음송하고 있었네

낮잠에 펼쳐졌다가 다시 감아진 한 자락 꿈이었었네

호수와 잿빛 오리

자식의 자식이 자식을 낳고 쭉 살아온

백운호수에 잿빛 오리 한 쌍 날아내립니다

저녁 호수에 떨어진 짙고 엷은 먹빛 날개가

푸른 수면에 담담히 묵화를 칩니다

스스로 켜진 가로등이 어두워지는 길을 밝히고

부유스름한 달빛이 산과 골짜기를 가득 채웁니다

호수의 잔물결과 잿빛 오리의 깃털들이

조용히 당신과 나 사이의 경계를 지웁니다

가랑잎 초상화

여린 봄빛에 팔랑이는 가랑잎들 꽃샘바람 타고

날아가는 그 뒤를 조용히 눈으로 따라가 본다

후생에서는 나비 되어 꽃밭에서 살고 싶다던

새가 되어 훨훨 날고 싶다던 엄마 뒤를 쫓아가듯

호랑나비 노란 양지꽃에 앉았다가 구만리 허공을

제비처럼 낮게 높게 곡선으로 휘어져 날고 있네

바람에 힘이 꺾인 한쪽 날개로 기우뚱 사라지는

저 능선 넘어 아스라이 퍼지는 어머니의 향기

그 섬에서

갯바위에서 따개비를 따다가 둔한 칼날이
손가락을 베어버렸다

둔한 날일수록 더 깊은 상처를 주는 법
깊숙한 내면에서 피가 솟았다

바람에 커튼이 흔들리듯
잔물결 흔들리는 파도 쪽으로

활짝 핀 내 피들이
동백 꽃잎처럼 날아내렸다

아직은, 나도 꽃이었구나
향기를 피우는 여자였구나

스스로 빛을 발하는 발광체
붉은 낙조가 광기로 꿈틀거렸다

고령 대가야 유적지

— 순장

배롱꽃 핀 늦여름 고령 대가야 유적지를 찾았네

왕 무덤 입구에 순장 당한 젊은 궁녀의 널방이 있었고
조용히 바닥에 깔려 있는 한 줄기 바람, 깊고 무거웠네

삶이 끝난 후에도 영원한 삶을 누릴 줄 알았던
죽음 뒤에도 시중 들어줄 궁녀가 필요했던 왕

죽음을 맞이한 모든 사물들은 깨끗이 사라지는데
무거운 저 돌 뚜껑이 그녀가 누운 널방을 덮어버렸고

다음날 왕의 시체가 입성할 때까지도 괴성이 들렸다지
무덤 바깥 세계에 빗방울이 떨어지고 있었네

하루를 다 써버린 배롱 꽃잎의 시간이 빗물에 젖었네

대숲

바람에 흔들리며 바람에 기대 살아간다
강한 폭풍에는 꼿꼿한 허리 굽힐 줄도 안다

고난이 닥치면 속을 비우고
쏟아지는 세찬 눈바람에도 푸르름을 잃지 않는다

젖은 머리채를 흔들어 엉킨 절망을 툭툭 털어내고
휘어진 허리를 다시 곧게 펴고 휘청휘청 일어선다

살아 있는 대나무는 맞서진 않지만 세월의 풍랑을
한 올 한 올 마디에 새겨 푸른 하늘을 닮아간다

보행 신호등 켜진 건널목을 바지런히 건넌다

옹달샘

분홍빛 꽃잎이 떨어지고 있을 때
어머니 눈꺼풀도
꽃잎처럼 떨어지고 있었다
꽃잎에 뺨을 대듯 어머니 이마에 뺨을 대고
꽃잎에 입을 맞추듯 어머니의 뺨에 입을 맞췄다

단 며칠 만이라도 더
머물다 떠나라며 옹달샘이
차마 보내지 못하고
꽃잎을 모아두고 있었다

꽃잎도 오래 물 위를
빙글빙글 돌고 있었다
새벽별처럼 떨어지는 저기, 저 한 무리 꽃들
올 땐, 한 송이였으나 시끌벅적한 저 뒷모습들

외롭지 않은 당신의
한 생 눈물만큼 영롱했어라

봄비

봄을 붙들어 액자에 넣고

하얀 거실 벽에 걸어두었다

휘어진 가지마다 분홍으로

꽃등 밝힌 벚꽃 그늘 밟으며

은어 떼처럼 봄비 몰려온다

액자 아래 흔들의자에 기대어

꽃잠 든 어머니의 무릎 위로

팔랑팔랑 꽃잎들이 떨어진다

꽃잎이 걸어가는 그 길로

내 어머니 갈 길 서두르신다

텍사스 피칸 나무

써니의 뜰에 들어서자 울창한 피칸 나무가 있었다 나무
아래는 '캔디의 무덤'이라 쓴 회색 돌비석이 있었고 돌비석
에는 그녀의 딸, 금발의 소녀 사진이 박혀 있었다

비석에 놓인 화병에 프리지어 꽃을 꽂자 어느새 노랑나비
가 날아와 잠깐 머물다 어디론가 날아가 버린다 열두 살 캔
디가 타던 그네는 매일 저 혼자 흔들린다

한국말도 어눌하고 영어는 더 어눌한 써니에게 핏줄이란
오직 캔디뿐, 자기가 한국인이라는 건 알지만 기억조차 없
고 아는 사람 하나 없는 한국이 매일 그립고 타고난 성과 이
름이 언제나 궁금해서 서럽다

피칸이 떨어지면 어린 캔디는 뜰에서 피칸을 주웠고 써니
는 오븐에다 피칸 파이를 구웠다

피칸 나무는 바람이 불지 않아도 흔들린다 외로워서 외로
움이 밀물처럼 몰려들까 봐 스스로 몸을 흔든다

눈으로 지은 마음의 사원

최준

눈으로 지은 마음의 사원

최준

(시인)

현실에 발목이 묶여 있는 대다수의 자아들은 자신을 돌아볼 여유가 없다. 살아야 한다는 절실함으로 자신의 바람과는 전혀 상관없는 시간을 산다. 슬픈 노릇이지만 소요할 마음의 공터 하나 마련하지 못한다. 찻잔을 들고 등받이에 기대 앉아서 시 한 편 읽을 의자도 없다. 그럼에도 불구하고 일상을 쪼개어 그 좁은 틈새에서 시를 읽고 쓰는 이들이 있다. 생활에 아무런 도움도 되지 못하는 시를 쓰고 시집을 펴내는 이들의 셈속은 대체 어떠한 것일까.

아주 드문 경우이지만. 어떤 시집은 독자의 시야를 밝게 하고 독자가 미처 읽어내지 못했던 세계의 신비를 발견하게 하는 계기를 제공한다. 박분필 시인의 신작 시집 『모든 육체는 다 풀이다』는 눈으로는 보았으나 정작 느낄 수는 없었던 '견자'의 시각을 보여준다. 읽기가 아니라 발견하기다. 이 소중한 시집은 누구나 보고 알 수 있는 대상에 대한 이야기들로 충만하다. 페이지를 넘기면서 시인의 시각을 따라가다 보면 저절로 무릎을 치게 되는 발견의 마력을 경험할 수 있다.

유달리 눈 밝은 이들이 있다. 밝다는 건 시력이 아니라 감각의 영역이다. 생의 축복이라 할 수도 있을 밝은 눈을 가진 이들은 그의 눈길이 닿는 지점에서 남들이 볼 수 없는 비밀을 감지해 낸다. 박분필 시인은 유달리 밝은 눈을 지녔다. 감각적이고 때로는 교훈적으로 시적 소재를 바라보고 거기에다 생의 본질적 비의를 담아낸다. 시인의 노력이었을까? 아니면 천성적인 것이었을까?

세계를 바라보는 시인의 시선은 따스하고 긍정적이다. 자신이 살아가는 세계를 긍정적으로 바라보는 이의 삶은 우선 자신이 행복하다. 살아내는 이 세계를 친화적이라 여긴다. 갚아야 할 빚도 없고 누릴 일만 남았다. 필자가 생각하기에 이는 그가 노력한 만큼의 당연한 대가라 생각한다. 누구나 그런 삶을 꿈꾸며 산다. 그게 곧 희망이다.

하지만 현실은 자신의 바람대로만 이루어지지는 않는다. 불행과 행복이 공존하고 화해와 반목이 구비마다 거듭 교차한

다. 상대성과 절대성 사이에 끼인 자아의 고민은 깊어가고 세
월에 기댄 삶은 후회와 반성으로 점철되어 있다. 빡빡한 현재
는 개선될 여지가 좀처럼 보이지 않는다. 박분필 시인의 시편
들은 이러한 현대를 살아가고 있는 크고 작은 고민들에서 온
전히 벗어나 있다. 대상에다 자신을 투사하지만 그 깊이를 획
득하기는 몹시 어렵다. 시인의 시는 우리의 삶과 생에 대해 다
시 고민하게 한다.

　시집의 첫 장에 실려 있는 시부터 얘기해야 하겠다. 이 시를
이해하는 건 시집 전체를 읽어내는 데 있어 중요한 단초가 되
리라 여기기 때문이다. 아래의 시는 "수십만 년" 전의 시간대
로 우리를 이끌어 데리고 간다.

단행본들을 부챗살로 펼쳐놓은 바닷속 장서관

파도는 낡아가는 책을 보수하는 유능한 사서다

표면의 광택을 파고든 인간의 기억, 희망, 사랑을

담았다 쏟아내고 쏟았다 담아내기를 수십만 년

몇 초가 영원으로 흐르는 저 떨림, 저 무늬들,

회색과 초록색이 뒤섞인 파도의 갈피 속에 미처

해석되지도 기록되지도 못한 역사까지 껴안은 채

물의 필체와 물의 언어만을 고집해 온 고서들

신비로운 힘에 이끌려 뭉치고 엉키는 시간과 공간

잿빛 갈매기들 조용히 날아내려 고서를 뒤적인다
—「양남 주상절리에서」 전문

좋은 시는 읽는 이와 시 사이에 가이드를 끼워놓지 않는다. 화자는 "주상절리"에서 오랜 세월(영원)의 "무늬"를 확인한다. 화산과 용암이 만들어 낸 주상절리는 "회색과 초록색이 뒤섞인 파도의 갈피 속에 미처// 해석되지도 기록되지도 못한 역사까지 껴안은 채// 물의 필체와 물의 언어만을 고집해 온 고서들"이다. "주상절리"의 생김에서 "고서들"의 상상력을 이끌어내는 시인의 눈은 더없이 따스하고 바다의 수심처럼 깊다. 행간마다 대상에 대한 시인의 인식의 깊이를 느끼지 않을 수 없다.

앞에서 이미 언급했지만 시인의 눈은 "표면의 광택을 파고든 인간의 기억, 희망, 사랑을// 담았다 쏟아내고 쏟았다 담아내기를 수십만 년// 몇 초가 영원으로 흐르는 저 떨림, 저 무늬들"을 읽어낸다. 무한의 시간이 만들어 낸 고서들과 이 고서들을 보수하는 파도는 곧 인류가 걸어온 역정이자 역사이다.

주상절리의 시간은 인간의 시간과는 비교도 되지 않는다. 시인은 엄청난 상상력으로 주상절리와 인간을 동일체로 묶어 놓는다. 물리적인 거리를 떠나 시인의 인식은 인류사와 자연을 하나의 시간대로 인식하게 한다. 나눔이 아니라 조합이다.

붉은 해가 나뭇가지에 걸리자
나뭇가지에 걸린 오늘이
살금살금 가지를 타고 내려온다

햇살의 발길에 몰려 한 발 한 발 뒷걸음질
치던 밤이 꼬리를 말고 달아난다

떠나온 곳과 떠나갈 곳의 경계
울고 웃었던 기억의 사이

참이면서 참이 아닌 저 그림자
꿈이 실려 있는 내 생의 연속이 또 다른
시간으로 길을 내는 중이다

내가 움직이면 따라 움직이고

정지하면 따라 정지하던 내 그림자

바위 속 그늘에 숨어버렸다

—「향일암 햇살 경전」 부분

　주상절리의 고서를 노래했던 시인이 이번엔 "향일암"을 오른다. 향일암은 남해가 바라다보이는 벼랑 끝에 서 있다. 거기에 가 본 이들은 알겠지만 절경이다. 시인은 부지런히 발품을 팔아 대상에서 캐낸 이미지들을 그러모아 주머니에 집어넣는다.

　여행은 시인에게 오랜 습관인 모양이다. 주상절리에서 고서를 펼쳐 읽고, 해가 돋자 어둠이 물러가는 향일암에서는 자신의 그림자를 발견한다. 태곳적부터의 지속이다. 이 모든 자연의 질서들이 "참이면서 참이 아닌" 존재의 깨달음에 이른다. 한 생은 참인가. 참이 아닌가. 내가 일생 입고 다니는 실체의 나와 햇빛에서 드러나는 그림자와의 관계는 어떤 관계인가. 그림자는 낮이면 나를 따라다니다가 그늘에 들거나 밤이 되면 흔적 없이 사라지고 없다. "햇살 경전"을 읽는 주체는 나인가. 아니면 내 그림자인가.

　시인의 시에는 체험이 있고, 사실성이 있다. 이 사실성은 시인의 상상력을 불러오고 이는 진정성으로 삶의 본질과 이마를 맞대고 있다. 말은 곧 어휘에 다름 아니다. 상상력을 바탕으로

해서 자유자재로 구사하는 시인의 시어들은 의식 너머의 의식
으로 삶의 본질을 이야기한다. 조곤조곤히 속삭임의 어조로
깊이와 높이를 무한으로 노래함으로써 자연과 인간이 교감하
는 내밀한 비의를 캐내어 보여준다.

　　① 속초 델피노 정원에서 설국 속에 파묻혀 있는
　　소녀를 만났다

　　오래전 시리우스 B의 별에서 방주를 타고 지구로
　　내려온 소녀, 쏟아지는 별을 잡으려고 장대 끝에
　　서서 한껏 팔을 뻗고 있는

　　소녀의 시간도
　　내 시간도
　　저 아찔한 높이에서 멈춰버린 것 같다
　　　　　　　　　　　　　─「별을 잡는 소녀」 부분

　　② 꽃길 위에는 거미줄, 거미줄 위에는 전봇대
　　전봇대 위에는 비행기의 하늘길이

　　0.0밀리미터 구름 입자 백만 개가 모여
　　방울이 된 알갱이들이 여행을 떠납니다

나도 물방울 알갱이들의 여행길인

개울 길을 거슬러 오릅니다

편백나무 숲에 사는 지지배배

산새 소리 쏟아져 내려 동그랗게 파문 지는

맑은 물속을 정신없이 헤엄치는

송사리의 길과 느릿한

다슬기의 길이 보입니다

내가 걸어온 길은 어떤 무늬일까

어디서부터 여기까지 밀려왔을까

스스로 우연히 흐르고 싶었을까

다른 물방울들과 미처 합치지 못해서

개울이 되지 못한

온몸이 타는 아픔을 느끼며

메마른 흙이 되어가는

물방울을 애타게 바라봅니다

—「수많은 길 중에」 전문

시인의 여행은 계속된다. 영원한 순수인 시인의 여행은 자신이 떠나온 별을 바라보며 그리워하고 있다. 우주의 별을 꿈꾸는 시인. 하지만 돌아갈 수가 없는 영원한 고향. 이럴 때 시인의 의식은 수평이 아닌 수직으로 움직인다. 시인의 눈동자는 별 하나로 반짝거린다.

시인이 인식하는 높낮이는 계급이나 계층이 아닌 실제이다. 경험으로 그려내는 내면의 풍경화는 눈으로 시작해 본질로 이어진다. 시인의 시편들은 수직으로 상승하는 원경의 노정 위에 놓여 있다. 종교를 덧대지 않더라도 종교적이다. 짧다면 짧고 길다면 길 수도 있을 생에서 우리는 대부분의 삶을 지상에서 지낸다.

아주 먼 별들은 소망과 꿈의 상징이다. 여기에 소녀가 덧대어질 때 소녀는 그대로 소망이자 꿈이 된다. 살아낸 세월의 분량을 떠나 시인은 우리 세계의 영원한 소년이자 소녀들이다. 순수를 동반한 마음 안에는 설렘이 있고 떨림이 있다. 시인의 시에는 맑은 울림이 담겨 있다. 거센 폭풍이 아니라 솔바람이지만 향기가 있고 아름다움이 있다.

꽃은 이미 다 지고

진흙 연못 빽빽이 서 있는 연밥들

마치 대꼬바리 가득 담배를 채운

장죽을 닮았다

할아버지 할머니가 긴 담뱃대를 물고
뻐끔뻐끔 근심을 뿜어낼 때마다
문풍지가 바르르 떨던 그때처럼

늦여름 열기를 내뿜고 있는 연밥들
너는 푸른 혁명을 갖춘 씨앗이다

일제강점기 총독부 감시관이
눈치채지 못하게
백동으로 된 대꼬바리에는 태극무늬가
새겨져 있었지

있는 듯 없는 듯 새겨진 태극무늬는
초당에서도 사랑채에서도 수많은
남녀노소 민초들의 마음에서 마음으로
애국의 줄기는 숨은 개울이 되어 스며들었다

아름답다
밤낮으로 온몸을 떨었던 매서운
시절을 이겨내고 지금은
세미원 가득 핀 풀꽃들

내력이나 역사를 말할 적에도 시인은 좀처럼 평정심을 잃어버리지 않는다. 연꽃 진 자리에 솟아오른 연밥을 보며 대꼬바리 장죽을 연상한다. 모양새가 장죽을 닮았으니 거기까지는 연상이 가능하겠다. 어렵고 서럽고 분노했던 일제강점기에 타는 속을 달래려고 담배를 태웠던 할아버지와 할머니의 장죽에 새겨져 있던 태극무늬. "남녀노소 민초들의 마음에서 마음으로/ 애국의 줄기는 숨은 개울이 되어 스며들었다"는 시인의 전언은 결국 현재로 소급되어 "아름답다/ 밤낮으로 온몸을 떨었던 매서운/ 시절을 이겨내고 지금은/ 세미원 가득 핀 풀꽃들"이라는 아름다운 구절을 낳게 하는 동기로 작용한다. 시인이 연밥에서 캐낸 본래 의미는 아픔이지만 종래에는 다시 긍정성으로 바뀐다.

봄을 붙들어 액자에 넣고

하얀 거실 벽에 걸어두었다

휘어진 가지마다 분홍으로

꽃등 밝힌 벚꽃 그늘 밟으며

은어 떼처럼 봄비 몰려온다

액자 아래 흔들의자에 기대어

꽃잠 든 어머니의 무릎 위로

팔랑팔랑 꽃잎들이 떨어진다

꽃잎이 걸어가는 그 길로

내 어머니 갈 길 서두르신다

―「봄비」 전문

이 봄이 얼마나 따스한가. 봄날과 어머니는 상징적이다. 봄
비는 생명을 키우는 원천이자 붙들어 벽에 걸어두고 싶은 계
절이다.

시인의 시는 마치 조회를 기다리며 줄 맞추어 운동장에 서
있는 아이들처럼 엄숙하고도 가지런한 나름의 질서를 보여준
다. 개성이라고 할 수 있고 성향이라 할 수도 있겠는데, 이건
시인의 시가 그려 보여주는 세계관에 실린 삶의 위안이며 온
기다. 시인의 시에는 수직과 수평을 아우르는, 모서리를 깎아

낸 둥긂이 내재해 있다. 격자가 아니다. 몸태 가지런한 평정심이다.

다들 알고 있다. 세상을 둥글게 살아내기가 얼마나 어려운가. 시인은 폭풍의 시간을 견디는 열정과 격정이 아닌, 이성과 감성의 조화를 시로 그려내어 보여준다.

의례적인 주례사가 아니다. 시인의 시를 읽으면 마음이 편안해진다. 위안을 주는 데다 모종의 깨달음도 던져준다. 다시 말하지만 수직과 수평은 자아의 현실이 거기에 개입할 때 무수한 분열을 불러일으킨다. 고개 들어 허공만 쳐다보며 사는 사람, 곁눈질하는 사람, 자신의 발치만 내려다보며 사는 사람.

시인은 저항과 부정이 아닌 사물과 인간 본연의 따스함을 시로 담아낸다. 이 시대를 살아가는 우리의 부정성을 위안으로 바꾼다. 때로 시는 위안이 되기도 한다는 걸 보여준다.▨

| 박분필 |

울산 출생. 성균관대학교 유학대학원 유교경전학과 석사과정을 수료했다. 1996년 시집 『창포잎에 바람이 흔들릴 때』로 작품활동을 시작했으며, 그 외 시집 『산고양이를 보다』 『바다의 골목』과 동화집 『홍수와 땟쥐』 『하얀 전설의 날개』를 펴냈다. 2011년 KB창작동화공모전에서 대상을 수상했으며, 문학청춘작품상, 한국시문학상을 수상했다.

이메일 : pbpil@hanmail.net

현대시 기획선 129

모든 육체는 다 풀이다

초판 인쇄 · 2025년 6월 1일
초판 발행 · 2025년 6월 5일
지은이 · 박분필
펴낸이 · 이선희
펴낸곳 · 한국문연
서울 서대문구 증가로29길 12-27, 101호
출판등록 1988년 3월 3일 제3-188호
편집실 | 서울 서대문구 증가로31길 39, 202호
대표전화 302-2717 | 팩스 · 6442-6053
디지털 현대시 www.koreapoem.co.kr
이메일 koreapoem@hanmail.net

ⓒ 박분필 2025
ISBN 978-89-6104-383-0 03810

값 12,000원